AF234226

Vente du Samedi 27 Janvier 1872

Exemplaire de Barre

TABLEAUX

ANCIENS

Des Écoles Française, Flamande
et Italienne

COMPOSANT LA COLLECTION DE M. B...

EXPOSITION PUBLIQUE : le Vendredi 26 Janvier 1872

M. CHARLES OUDART	M. ÉMILE BARRE
COMMISSAIRE-PRISEUR	EXPERT
rue Le Peletier, 51	rue de la Chaussée-d'Antin, 20

PARIS — 1872

RENOU ET MAULDE

IMPRIMEURS DE LA COMPAGNIE DES COMMISSAIRES-PRISEURS

Rue de Rivoli, 144

CATALOGUE

DES

TABLEAUX

ANCIENS

Des Écoles Française, Flamande
et Italienne

COMPOSANT LA COLLECTION DE M. B...

DONT LA VENTE AURA LIEU

HOTEL DROUOT

SALLE N° 2

Le Samedi 27 Janvier 1872

Par le ministère de M° **CHARLES OUDART**, Commissaire-Priseur,
rue Le Peletier, 31,

Assisté de **M. ÉMILE BARRE**, Expert, rue de la Chaussée-d'Antin, 20.

EXPOSITION PUBLIQUE

Le Vendredi 26 Janvier 1872, de 1 heure 1/2 à 3 heures 1/2.

PARIS — 1872

CONDITIONS DE LA VENTE

Elle sera faite au comptant.

Les Adjudicataires paieront CINQ POUR CENT en sus des enchères, applicables aux frais.

DÉSIGNATION

DES

TABLEAUX

ARTOIS (Van)

1 — Paysage boisé avec figures.

AUBRY

2 — La Tentation.

3 — La Séduction.

4 — L'Enlèvement.

5 — Le Repentir.

Quatre pendants.

AVED (André-Jacques), 1750

6 — Portrait de jeune femme, de grandeur naturelle, à mi-corps.

Elle tient un chien épagneul sur ses genoux, a la poitrine un peu découverte et le bras gauche appuyé sur une console ornée d'un vase contenant une rose.

Tableau des plus gracieux.

BELLIER (Signé)

7 — Portrait d'une jeune princesse de la famille royale
de France, en vêtements du matin.

Elle presse un bouquet de lis sur son sein. Peinture d'une
extrême finesse.

BLOOT (P. DE)

8 — Intérieur de taverne hollandaise.

BRANDT

9 — Village fortifié au bord d'un lac.

BREUGHEL (Le vieux)

10 — Paysage avec cours d'eau et château-fort, animé de
figures.

BREUGHEL

11 — Le Paradis terrestre.

CROCE (Della)

12 — Scène biblique.

CROSS (Élève de Van Goyen)

13 — Paysage de la Hollande, avec pêcheurs.

DANLOUX

14 — La Faim

DESPORTES

15 — Pièces d'orfèvrerie, Animaux et Fruits, posés sur
une console de pierre.

DESPORTES

16 — Déjeuner posé sur une table couverte d'une nappe.

DIÉTRICI

17 — La Danse champêtre.

DOMINIQUIN

18 — Diane et Endymion.

ECKOUT (Van)

19 — Femme assise tenant un livre à la main.

ECKOUT (Van)

20 — Portrait de dame en riche costume oriental.

FRAGONARD

21 — Le Rêve.

FYT

22 — Chien gardant du gibier.

GILLY (1671)

23 — Poissons posés sur une table.

GORP (Van)

24 — L'Oiseau volage.

GREUZE

25 — Portrait de jeune femme en vestale.

Pastel.

GREUZE (D'après)

26 — La petite Fille au chien.

HÉDA (Van)

27 — Nature morte.

HELST (Ecole de Van der)

28 — Portrait de jeune dame en costume noir.

KESSEL (Van)

29 — Vénus et Vulcain.

KLOMP

30 — Vaches et Moutons au repos.

LAWREINCE

31 — La Déclaration.

> Un jeune homme se jette aux pieds d'une dame qui semble l'écouter favorablement.

LEDOUX (Mlle)

32 — Tête d'enfant.

LEMOINE

33 — L'Amour puni.

MAGNASCO

34 — Un Aventurier.

MAYER (Mlle)

35 — Jeune Femme assise tenant son enfant dans ses bras.

MIREVELT

36 — Portrait de jeune dame en riche costume blanc rehaussé d'or.

MYTENS

37 — Portrait de dame en Diane.

NATTIER

38 — Esquisse d'un portrait de jeune femme tenant un
cahier de musique de la main gauche et semblant
indiquer la mesure de la droite.

NOEL

39 — Mer houleuse.

Gouache.

OLIVIER

40 — Réunion de dames et de seigneurs dans un parc.

OLIVIER

41 — Le Pendant du précédent.

OMMEGANK (Signé)

42 — Vaches et Moutons au repos.

PANINI

43 — Monuments en ruines avec personnages.

PATEL

44 — Paysage avec figures, imité de Claude.

PETERS (B.)

45 — Mer agitée.

POEL (Van der)

46 — Intérieur hollandais.

PORBUS

47 — Portrait d'Élisabeth d'Autriche, femme de Charles IX.

PRÉVOST

48 — Corbeille de fleurs et fruits.

PRUD'HON (P.-P.)

49 — Portrait présumé du chanteur Elleviou, dans l'opéra-
comique : *Maison à vendre*.

PRUD'HON (Par ou d'après P.-P.)

50 — La Sagesse ou Minerve soutenant le Génie de la
peinture.

ROEHN (A.)

51 — Le peintre Ph. Wouwermans à ses derniers mo-
ments.

SARTO (D'après André del)

52 — La Vierge avec les mains.

SENAVE

53 — La Réception du bouquet.

Une jeune femme, dans une modeste chambre, tient de la
main gauche un bouquet et, de la droite, la lettre qui accom-
pagne le bouquet.

SCHALL

54 — La Comparaison.

SWAGES et DEMARNE

55 — Entrée de bois avec figures et animaux.

TAUNAY

56 — Aumône à la porte d'un couvent.

Belle esquisse.

TIEPOLO

57 — Sujet allégorique.

TIEPOLO

58 — Le Baptème dans le Jourdain.

TOCQUÉ

59 — Portrait de Mme de Graffigny.

Elle est représentée de grandeur naturelle, à mi-corps, les
bras passés dans son manchon et portant une mantille ornée
de dentelles.
Parfaite conservation.

TORENTIUS

60 — Nymphes et Satyres.

TRÉVISANI

61 — Portrait de dame en Muse.

VIVARINI

62 — La Vierge et l'Enfant.

VLIEGER

63 — Marine.

WATTEAU (De Lille)

64 — Les Loisirs du camp.

WATTEAU (De Lille)

65 — Le Pendant du précédent.

ZUCHARELLI

66 — Paysage italien avec cours d'eau et figures.

ZUCHARELLI

67 — Le Pendant du précédent.

ÉCOLE FRANÇAISE

68 — Portrait en pied de Napoléon Ier, en costume de
cérémonie.

ÉCOLE FRANÇAISE

69 — Portrait de l'impératrice Marie-Louise, en costume
de cérémonie, avec armoiries.

ÉCOLE ANGLAISE

70 — Chat, Poissons et Crustacés.

Renou et Maulde, imprimeurs de la Compagnie des Commissaires Priseurs,
rue de Rivoli, 144.   16517

RED. :

20

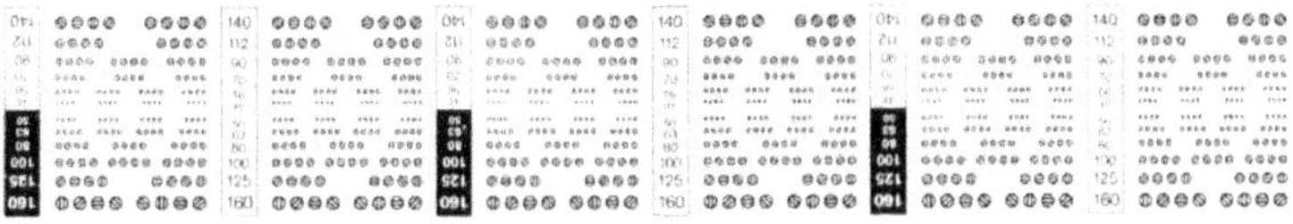

MIRE ISO N° 1

NF Z 43-007

AFNOR

Cedex 7 - 92080 PARIS LA DEFENSE

graphicom

BIBLIOTHEQUE NATIONALE DE FRANCE

****

CHATEAU DE SABLE

1995